蟬声＊河野裕子歌集＊青磁社

＊目次

I

河野裕子歌集

蟬声

装幀　濱崎実幸

I

南向きの小部屋

生きるための本走に入る明後日《あさって》より抗癌剤の点滴変はる

八年半転移を待ちゐし細胞が肝臓にあり増殖しゆく

これからが楽しい筈の人生の筈につかまりとにかく今日の一日

死なむとせし若き日のかなしみが清らにも思はる齢とり病めば

ひっこし、人の出入り、原稿、通院、未着の書類騒動…

狂ふほど忙しければ気が狂ふ布団をかぶつて寝たふりをする

南向きの小部屋はわたしの仕事部屋カーテンの野草にカミツレ混じる

この部屋の日差しの中に言うてみる淡い空やなあ片頬杖に

生きよう　この部屋のドア開けしとき部屋が言ふやうにわたしも言へり

癌転移、生身《なまみ》が生身を喰ひあへるこの身の内に其《そ》が起こりゐる

治療法あらざるままに九年経ぬ胸と左背の痛み灼けつく

小さな顔

歌をつくり誤魔化してゐるだけ　現状は・・・・日々に痩せゆく生身《なまみ》一体《いつたい》

俺を置いてゆかないで　緑《あを》葡萄はんぶん残してうつ伏し眠る

入院四日目

ひとり起きて薄き灯影に歌つくるあなたをひとり家へ帰して

白髪なく艶ある髪が自慢なりしが脱けてしまふかわたしを残して

生え変はる頃には白髪になりゐるか小さな顔を鏡に映す

髪も眉もまつげも脱けますよ　それぢやあ私は何になるのか

何もかも副作用のせゐにせむそれが良からむ先づ屈伸体操

紅《こう》が帰りし後に落ちてゐる髪つまみあぐわれにはもうあらざる髪を

神社祭礼前日

どろどろと太鼓が鳴りて暗闇の藪の向かうを行列がゆく

傘さして誰にも言はず来たけれど蛍袋咲く道の辺にゐる

ゆめあさがほ

西洋朝顔は霜が降りるまで咲く

朝ごとに七十輪ほど咲きつぎて桜の梢をつひに越えたり

梢《うれ》越えてゆらゆら咲きゐる朝顔をゆめあさがほと呼ぶ呼びてかなしむ

来年もこの花たちに会へるやうに一晩一晩ふかく眠らねば

大事なのはお母さんでゐること山茶花《さざんくわ》よご飯を作りお帰りと言ふ

過ぎゆきし歳月の中の子らのこゑお母さん、お母さんどのこゑも呼ぶ

泣くのなんかやめてしまった筈なのに十歳の櫂を抱きしめる　ああ生きたい

二年もすれば丈を越されるこの櫂を抱きしめぬ十歳の弾むからだを

挿絵は村上豊

息子よりやさしい櫂が貸しくれし『東海道中膝栗毛』団子食ふところ

この人も櫂も残して死にはしないいちばん泣くのは娘の紅《こう》ぞ

川上の水は小さく光りをりそこまで歩かう日の暮れぬうち

誰もあなたを

父母《ちちはは》が居てこそ実家でありしかな大きな伽藍堂《がらんだう》を風吹きぬける

お婆さん、手袋おちましたよと後ろより言はれる日が来る　ハイと振りむく日が

白萩がもう咲きそめて門《かど》に添ふ待つことはあなたに待たれゐること

元気ならば生きゐることは楽しからむ烏《からす》だつてさうだこゑ鳴き分けて

ものごとに意味は無いんです　木村敏《びん》眼鏡の弦《つる》をゆつくり揺らし

裕子さん誰もあなたを止められないあなたは大地に直結してゐるから
組みてゐし脚組み直し分かりませんと語彙をつぎたりこの碩学は

よい天気は怖い日

疲れ果てて帰宅、夫

葱二本と若布《わかめ》を刻み作りたるみそ汁に温もりやつともの言ふ

茶碗の縁《ふち》に唇つけしが不意に離しあなたはねえと真すぐに見つむ

やつれゆくコスモスの庭　咲き残りをりしをたぐり寄せ支柱に結《ゆ》はふ

西洋朝顔

夕光のなかに今年最後の朝顔が精いつぱいに青き襞ひらきゐる

よい天気は怖い日ゆゑに梅干をふたつ入れたるおむすび握る

地球儀を回して見せてくれし櫂、息子よりよほどやさしい櫂が

生きて死ぬ短い一生《ひとよ》は何でせう掌《て》の綿虫ふつと一息に吹く

はいと振りむく

母がまだ生きゐし頃のこゑがする日向に出でてはいと振りむく

白梅

白梅に光さし添ひすぎゆきし歳月の中にも咲ける白梅

光

蠟燭のひとつ光にもの食へば家族のひとりづつの顔の奥ゆき

もう少しこの梅林を歩みゆかむ光にしづむあの一樹まで

大凧

青空がゆつくり所を移しゆきピンと張りたる大凧あらはる

巽《たつみ》よりなみなみと来しあをぞらがひと息つけり神社の杜《もり》に

盲縞の眼鏡ケースをあけながら六十を過ぎし齢《よはひ》を思ふ

河口まで

一日ひとひ死を受けいれてゆく身の芯にしづかに醒めて誰かゐるなり

生まれた日から死ぬる日までの短さよ日ぐれの裏木戸うしろ手に閉む

「すみやかに」は良き日本語ゆゑにすみやかに死ぬと言うてはならぬ

腓《こむら》返《がへ》りに何度も目覚めて直角に踵を立てる　あ、ふう、痛《いた》いた

カーテンで仕切られる点滴台

この女医を頼りて何年生き得るか　カーテン越しに泣く声聞こゆ

これ以上わたしにはできません　十五夜の明るさにも疲れて早寝す

京都女子大学にて講演

旧校舎の窓辺に木苺咲きゐしがそれには触れず演台おりる

この頃の日和続きにふつくらとたくさんのゑくぼ、茶の花が咲く

しがみついて生きてゐたくはあらざれど一生《ひとよ》を生き切りことばは残す

永田和宏　退官前に私大に移籍

鉛筆を転がしながら案じをり落下傘部隊ぞ国立から私大へは

新設学部　総合生命科学部　学部長

五十人の教員を率てゆきて位置定まれる頃わたしは在らず

五年の生存率、1パーセント

コスモスが五回咲くまで生き得るか今年の種を残せるだけ残す

おまへひとりが居なくつたつてへつちやらよ牛乳色の低き曇天

もう一度の生のあらぬを悲しまずやはらかに水の広がる河口まで来ぬ

六年前のことになるが
ウサギウマ何てかなしい生き物だらうインドの喧騒に鉄板曳きゐし

あのロバはまだ生きゐるか身より長き鉄板曳きゐし小さなロバは

食べる

殖え過ぎて殺され食はれる鹿たちのレシピ読み得ず新聞を閉づ

食ふことも食はれることも残酷だ　気持ち揺りもどし包丁使ふ

われよりも妻に病まれし君あはれ愚痴は言はざり雑巾がけもする

このひとの寝相の悪きは子供のやう一回ころがして布団かけやる

焼き茗荷おいしいねえと言ふ人にさうよねえと食べられたらどんなにいいか

食べられず食べたくなくて料理本二冊がほどを寝ころび眺む

夕虹が二つ出てゐたと紅《こう》が言ふ見なくてもわかるとても淋しいから

紅さんあなたが子を産むまで死ねないの　萩の傍《かた》へに佇ちゐるあなた

言はないで　裕子さんお元気さうでなんて　わたしより紅が傷ついてゐる

さやうならは二回は言はず同病者日照雨《そばへ》降るなか傘ささず帰る

はるかに思ふ

背泳ぎをしてゐし頃のわが身体乳房ありにき胸板ならず

耳かきをこよこよさせて、いつだつけあの月夜の道はとはるかに思ふ

死にも死はあるのだらうかとつぷんと湯に浸りつつあると思へり

この家を売りてゆきたる人たちの影が来てゐる冬至のまひる

なーんにも食べたくなけれどお粥炊き梅天神さまと唱へつつ啜る

髪と顔と手が乾きゆく病院構内の明るき雑踏ふみ渡りゆく

百歳の猫、ムー

四日すればチョッキを買ひに行きませう痩せて寒気《さむげ》なこの老嬢に
一匹も仔猫を産まずにぼんやりと門外不出のままに百歳

この猫と過しし歳月われらには色々ありきおまへだけ能天気

ぼんやりのアホな猫なれど機嫌よし注射打たれてもムーと返事す

猫の呆けに付き合ひ来たりてわたしらも寛容になりゆくおしつこの始末も

寄り道し道辺のたんぽぽ摘むやうに家族の記憶かへる時あり

硝子屋に立てかけてある硝子板厚みが緑《あを》く道から見ゆる

むかごつぶつぶ

河野家は失せてしまへどわれひとり河野姓を名のり歌書き死なむ

わたくしはわたくしの歌のために生きたかり作れる筈の歌が疼きて呻く

ぶらんこを久しく漕がずぶらんこに膨らみ靡《なび》きし木綿のスカート

零《む》余《か》子《ご》つぶつぶ零余子ふつふつめん鶏《どり》になつて日向を歩く

お粥に塩かけ食ひをればまたお粥かいと猫帰り来る

歌は文語で

冬枯れの日向道歩み思ふなり歌は文語で八割を締む

なりゆきはいつも同じなり絹レースのハンカチ持ちて貴婦人失神す

窓からの光あかるき校廊に二年生になりし子らの匂ひす

死に方を何で知つてゐたのか一年生七つのままで死んでしまつた

「どぎやんこつ無かばい」濁音の多き九州弁が今われを包む

お母さんと言はなくなりし息子にお母さんはねえとこの頃よく言ふ

落花

水の面《も》に落花してゆく夕桜白く透きつつあはれにぞ見ゆ

さくらばな七日八日を咲きゐしが季の移りに落花してゆく

隣人

つぼみのまま折りてゆきたる紅梅に涙ぐみたる鶴見俊輔

階段を踏みしめ踏みしめ下《お》りて来て涙ぐみたり淋しかつたんだ

まだ読める、でも死は向かうからやつて来るんだ　五分ほど居り礼《ゐや》して辞せり

こんな時は女のわたしでよかりしよ　話しやすくて頷くわたしで

この世の御縁とさり気なく言つてしまへる私に私が驚く

いつだつけポストに一冊入れありき『隣人記』に「隣人へ」と署名もありて

日本古謡さくら

傘の下にちひさな顔あり婚前の娘の顔あり素顔が透けて

わたしらを置いてゆくにはあらざれど待つ人の大きな傘にこの子入りゆく

この子には着物を残してやれるのみ婚の準備のひとつもし得ず

結婚はひと月後《のち》に迫れども連れだちて鍋や皿など買ひにも行けず

われらよりだいじな人となりて欲し長い時間父母《ちちはは》としてこの子護りき

日本古謡さくらを歌つて送りませう春に婚《ゆ》く子にいちばん似合ふ

父や兄に庇はれ生き来しこの紅《こう》をガーゼにくるみてあなたに託す

一点突破全面展開のオカムラさん、ゆつくりきびきびとワイン二杯目

頬杖をつきゐる娘の半身が水位あげつつ寄り添ひてゆく

少しづつ実感となるらし左手の指輪にそつと右の手のせて

＊

死より深き沈黙は無し今の今なま身のことばを摑んでおかねば

日向の中を出で入る影はわがこころキンポウゲたちこちらをお向き

考へても仕様がないんだ転移してまた転移して喰はれゆくこの身

喪《も》の家にもしもなつたら山桜庭の斜《なだ》りの日向に植ゑて

ふり捨ててゆくには重きこの世にはああ白梅といふ花が咲きゐる

ぼんやりと淡々とこの世を過ぎてゆかう梅が咲いた桜が咲いたと

焦るまい　ひと椀の粥を食べたれば胃より温もりこゑも出でくる

もう一度のこの世は思はずきつぱりと書いてゆくのみ追伸不要

ほんたうに短かりしよこの生は正福寺のさくら高遠《たかとほ》のさくら

そんなこと言うたらあかん裕子さん池田はるみなら言ひくれるだらうだから
電話はしない

飼ひ主の淋しさは猫の淋しさでマタタビ食はせれば少し落ちつく

俯きてスープ啜りつつ涙落つ固形物食へなくなりて三月《みつき》は経たり

さびしさは言ひ様《やう》もなきものなれば床下に生えゐるハコベをのぞく

これからの日々をなつかしく生きゆかむ昨年《こぞ》せしやうにコスモスを蒔く

箒持ち佇ちゐる人はお辞儀せりそれはすなはち私のことなのだが

楽しんで生きてゆくのよ二、三年は、窓が開《あ》き青い空からささやきくるる

もの食へず苦しむわれの傍にゐてパンを食べゐる夫あはれなり

食へざる苦、誰にもわからねば歯をみがき眠るほかなし　眠る

死に際に居てくるるとは限らざり庭に出て落ち葉焚きゐる君は

みちのくに白コスモスを見たる日は健やかなりき君の傍へに

室生寺にて

みほとけに縋りてならずみほとけは祈るものなりひとり徒《かち》ゆく

ご本尊は榧の一本造り

死に届くことば持ち得ず手を合はす室生寺のほとけ榧の胸板

あと少し生きて出来得るを数へつつ一段のぼり休みてはのぼる

この世の願ひをほとけに請はず　千年を佇ちつづけ来し足首太し

半眼のままに内陣に佇ちつづけ金堂の外光を知らぬみほとけ

梅の幹にしづかに古い杉枝の影が射しゐる宇陀室生寺の道

この寺に来ることはもうできず水音の室生川の橋振り向かず渡る

鵟《はいたか》だ、いや大鷹だらう室生寺にバス待つ四人に混じりて見上ぐ

渓谷の空より鶺が見てゐるは胡麻ひとつまみ程のバスを待つ人

鳩鳴けば父よと思ひ鳩鳴けば母よと思ふ宇陀村の坂

いい方に考へるのよ

この冬は落葉を掃《は》ける体力の無かりしゆゑに庭面《にはも》の厚し

照り翳りせはしき日差の庭に出て動悸せる身はしばらく屈《かが》む

水たまりに寄り来し蝶が翅たてて水を吸ひをりどの蝶も黄いろ

会ひ得しはそんなに多くはあらざれど森岡貞香が刻みくれし言葉

その人の生きゐし時間の中に居て呼吸《いき》合はせつつ遺歌集を読む

遺歌集となりたる中に微笑みを含みしこゑあり　いい方《はう》に考へるのよ

永田トムの診察券を出して待つまたケンカして血みどろのトム

かかりつけのさわべ動物病院に今日も機嫌よき山羊ひげの医者

ユーコさん

ユーコさんと息子の伴侶《つれあひ》に呼ばるるがとても好き　あなたの名前も裕子さん

七歳の子

何色が好きと玲が問ふ　クレヨン画のわが顔大きく耳まで黄いろ

小説家になるの玲はと見せくるるホッチキスで綴ぢし「パンのおはなし」

どのパンも名前と顔がついてゐてウマコパンといふありロバのやうな耳

三人の男の兄弟の中にゐて二人の弟にパンツをはかす

たつた一人の女の子と膝にのせたれど僕ちやんだよと走つてゆけり

お人形が好きではなかつた紅《こう》のこと失くししぬひぐるみのやうに悲しむ

子供らがふくらませゆく紙風船ふう、ふう、ふう、ふうまるくなりゆく

豆ごはん

一枚の白紙を囲み頭《づ》を寄せる四人の子供どの子も巻き毛

巻き毛たちにわたしはすぐに飽きられて一番ちひさい一歳だけ来る

抱きしめてどの子もどの子も撫でておくわたしに他に何ができよう

この子らの記憶の輪郭に添ひながら死に近づけるわたしの生は

豆ごはん今年は炊いてやりませう子供が四人飯食ふ家に

櫂たちを悲しみ思ふころ変はりする頃にわたしは居らず

葉の影があかるく草に揺れてゐる二年生になりし子が二年生と来る

春先の日輪したたる下をゆく顔の外なる耳から温もる

湯湯婆《ゆたんぽ》をと頼めばああと返事して階段のぼる君が足音

羊毛の匂ひするなり蒸気あてて君がズボンにアイロン使ふ

お互ひがお互ひであるゆゑにわれ亡くば半身つれて君に還らむ

ひとり居の昼は夜より淋しきを紅茶カップの耳撫でてひとり

帰り来しこゝろに動悸して起きあがる夫子《つまこ》と言へる身近き者にも

今日は今日一日ぶんの時間あり外気に触れむと新聞取りに出る

逆光の中に佇ちゐる桂の木丸葉ひらひらと五月は来たる

食べられず歩けずなりしは幾度《いくたび》か副作用だけ残し抗癌剤変はる

バプテスト病院のホスピスを下見

おそらくはこの病院にいつか来る個室にはユリやリンダウの絵かかる

食欲ももはや戻らぬ身となれど桶いっぱいの赤飯を炊く

軍手には一本づつの指が入《はひ》り土にも草にも馴染みて働く

ねこじやらし壜に挿しおけば風が来るイネ科が呼べるいつもの風が

襟足が美しいと言ひしは君のこゑ抗癌剤は君のこゑさへ奪ふ

日なたには日陰の匂ひも残りゐて黄色い菜の花が今年も此処に

トム

簾越しに人影見える小路《こうぢ》にはうす紫の花韮の花

誰の猫にもならぬに永田トムちやんと呼ばれれば入る診察室に

ペットには向かぬ猫なり向かう意気の強けれど小さきは飼主に似る

おそらくは半年は生き得ざる猫やせて汚れしが枕元に眠る

痩せて小さくなりしトムとわれ病めるがひとつ床に眠れり

一寸《ちよつと》だけの日向のときありしかな誰の一生《ひとよ》も倖せならず

ふた匙

永田さん終はりましたよとこゑすればそちらのはう向く手術終はれり

横臥したるまま手術を受けし身は首痛むなりこゑもかすれて

誰もみな死ぬものなれど一日《ひとひ》一日《ひとひ》死までの時間が立ちあがりくる

わがことのやうにも思へず半裸となり看護師二人に清拭《せいしき》されゐる

はるばるとわれに来たりし南部風鈴露けき月夜の風に鳴り出《い》づ

葉つぱのやうな病室の戸を開けひらりと娘《こ》は来る十時半には

『山鳩集』届きたれども目力《めぢから》の失せし身には無理　枕辺にあれど

『山鳩集』黒砂糖の味がするならむ黒砂糖を欲り臥しゐる身には

皇后さまよりお見舞いのスープと御伝言届く

『葦舟』と『母系』に触るる箇所もあり御伝言聞きつつスープを啜る

ふた匙なりともの御言葉の通りやつとふた匙を啜り終へたり

お手づから託したまひしこのスープふた匙やつとを身に沁みてやつと

II

なすのこんいろ

寝ながら庭の桜木見上ぐ二枝が揺れそのめぐりのみ揺れゐるを

口述筆記

パソコンを打つ身力《みぢから》は失せをれど夫と娘頼り夕べ捗る

厨には主婦のよろこびしつとりとなすのこんいろなすの光れり

こゑそろへわれをいづへにつれゆくか蟬しんしんと夕くらみゆく

水たまりをかがみてのぞく　この世には静かな雨が降つてゐたのか

娘に頼る暮しとなりてされるままなりくつ下もはかせくるる

痛みどめが効きゐる身はこのままに眠りに入りゆく蝉声の中

子規の時代にこんなケアがあつたなら子規をあはれにはるかに恃む

六十四まで生きえしこの身をよしとせむ生《うま》れ月七月は黄瓜の匂ひす

バプテスト病院２１３号室

近ぢかと大文字の見ゆる部屋病養ふと臥《こや》りて五日目に入る

祇園まつりもすぎしこと病室に遠世のごとく瞑りて聞く

さびしさは言ひやうもなし入れ替はり病室に来し人ら短くすぎゆく

三人をおいて死ぬわけにはいかざると一粒のぶだうやつとのみこむ

残しゆく者残さるる者かなしみは等量ならねど共に蟬きく

あたたかなコップにぎりて茶をのめり病院の番茶ひと口ふた口

一カ月といはれて在宅に入りし母をよすがに生きむ六カ月を生きし

一時間の手術なれども身をおきて意識はあらず　深き井の底

もう一度行ける場所はもうあらず案外に狭いのだこの世といふ所

えんぴつをにぎりて眠る歌わけばくらがりの中でも書きとめられる

なつかしきこの世のかたみに黒かみの一束が欲しそれも失せたり

なぜあんなにおいしかつたのだらうどの瓜も熟れて甘やかな瓜の匂ひして

左より見ゆる大文字のはね太し頭《づ》をひからせてのぼる人あり

わたしにはもうそんなに時間はないのだがゆつくりふくらんでパッとちる
ほうせんくわ

自分のことのやうにはどうしても思はれずされどデータは示す死へ確実に

病む妻を持てるあなたのさびしさよ飲み残しのお紅茶《ちゃ》に砂糖とけゐる

なつかしいこの世のとぢめに何を言ふお休みあなたもあなたもお休み

夏帽子かぶりし子供がおりてくる石段の上にしやがんだりして

二人がかりで清拭されしこの身はもぐつたりとしてベッドにふせる

着替さへ人の手を借りる身となりてありがたうを日に幾たびも言ふ

良くならむよくならねばと外泊を許されし一歩ふみしめてわが家に入れり

手術後の検査の結果はよけれども生身なかなかに良くはなりえず

支《ささ》へられ五歩歩くのがやつとなりやつと歩きて息をととのふ

おもゆおかゆスープ混交三食の流動食をやつと半分

水底のやうな静かな病室に汗かき出で入る家族ら生活者

いろいろなことありしかどとどのつまりはバプテスト病院213号室のベッド

若狭へと

山川登美子記念短歌大会

若狭へと君は行きたり元気ならば共に行きしを花背峠越えて

大暑すぎし暑さの中を起ちゆけりわたしの頭を二三度なでて

わが知らぬさびしさの日々を生きゆかむ君を思へどなぐさめがたし

慰めてどうにかなるものならば慰めもしよう黙して撫づる他に何ができよう

露おびし月のひかりはさびしもよ見あげて眠る今日もひとり

トムは

病院より戻りしままに帰り来ずトムは死にたり二十日は経たり

トムはやはり帰つて来なかつた死ぬときは家でとずつと言ひきかせしに

帰り来ぬ猫のことは思ふまいふりすてること多く深く病みゆく

病人のわが枕辺に病気猫トムも毛羽立ち丸まりをりぬ

ドクダミ化粧水

切せつと雨ふる音をききゐしが眠りては覚めして時すぐるのみ

ありがたうと日に幾たびも言ひながら看護されゐるすべてを委ね

少しづつ仕事を紅にゆづりゆく水が赴くやうに流るるやうに

カミソリ負けしてゐる顔にぬりてゆくドクダミ化粧水焼酎の香つよし

手作りのドクダミ化粧水なじませて肌おちつけり今は眠らむ

うとうとただにねむたくベッドにはベッドの時間がすぎてゆくのみ

飲食《おんじき》のよろこびもなく臥《こや》る身は汗も出でざりただに平たく

かさ低く臥しゐる身かと腰骨《こしぼね》のとがり来たるを撫でてゐるのみ

ええ咲きました

全身が脱毛したる日の夕べ仕方ないさとこの身が言へばこころ従ふ

薬袋にもティッシュの箱にも書いておく凡作なれど書きつけておく

三人の看護師さんに身を任せ眠りをるなり清拭のときも

一日中眠りてゐるばかりなり目覚めれば静か静かな枕もと

一日中眠りてをれり目覚めれば蟬声《せんせい》も娘《こ》も影のやうなり

遠ざかりまた近づける蟬のこゑ寡黙なる娘《こ》が枕元にをり

何をするにもしてもらふばかりああと答へありがたうと言ふ

めざめては今日とぞ思ふ九時半の朝のひかりに寄せくるひぐらし

腹水に膨れきりたる腹を撫で張つてゐますねとのみ医師も看護師も

清拭を手早く終へし看護師が庭のコスモスを言ふええ咲きました

何でかう蟬はしづかに遠く鳴くものかされど夕蟬ふいに近づく

母よ母かなかな鳴けばむやみにかうあなたが近い四時を過ぎれば
暗がりを燭もてひとり歩むがに身をかがめ聞くひとつかなかな

澤瀉久孝教授

夫と娘《こ》の口述筆記に書き得たる澤瀉久孝教授三度目にして

封筒の裏に走り書きせし文なれば読み得ぬ字ばかりうろうろと清書す

夢も見ず眠りをりしか目をあけば瞬きもせぬ夫の眼に会ふ

飲まず食はずのこのひと月《つき》を生かしくれし950ccの点滴をたのみとなして

夫はもう東京に向かひ発つといふ蟬声《せんせい》の中にわれは覚めつつ

泣いてゐるひまはあらずも一首でも書き得るかぎりは書き写しゆく

こんなにいい家族を残して死ねざると枕辺行きかふ夫と娘《こ》のこゑ

一日中眠りてゐるばかりなり目覚めれば必ず蟬が鳴きゐる

あの時は危ふかりしと夫はいふわれは呑気に眠りをりしが

息きれて苦しくなればもうここまで夕風低き中に眠らむ

わが腹はしわくちやになりてはきつく張るわがものなれど手には負へざり

死ぬときは

食べたきもの何も無けれど桃西瓜並べられたる朝の食卓

和室より今年竹見ゆる健やかさ死ぬときはきつとこの部屋で死ぬ

コスモスが咲く頃までは生きらるるか看護師は二秒黙せしままぞ

椅子に坐り歯をみがける今の今の三分が今こそだいじ

来年の今・・・・といふことはあらざらむ新聞一面に花火が開く

わがままな患者で

良き患者であらうと思ふな夫や子にかけし負担のことは思ふな

わがままな患者でしばらく押し通せそのしばらくが元気な証拠

そのしばらくがしばらくであらぬやうつよいわがままであれかし

手おくれであつたのだだがしかし悔いるまい生き切るべし残りし生を

白昼夢見ることあり

夏帽子かぶり子供が石段をおりきてしやがみそのままに消ゆ

後《のち》の日々よく尽くしたといぢらしく思ふであらうあなたの場合は
のちの日々をながく生きてほしさびしさがさびしさを消しくるるまで
書きとめておかねば歌は消ゆるものされどああ暗やみで書きし文字はよめざり

判読に時間かかりてつひにああボツになりたる歌ほどあはれ

砂丘産小粒らつきようの

カーテンのむかうは静かな月夜なり月のひかりにぬれつつ眠る

月くらく落ちゆく暁《あけ》に思ほへば逢ひたき人はなべて亡き人

くつ下もはかせてもらふ身になれば日に幾たびもありがたうといふ

一本のアイスキャンディをやつと食む月にやあと言ひ眠らむとせり

らつきようがふいに食ひたしハチマキして走りをりたる夢よりさめぬ

らつきようのことを考へてめつむれり大蕓の小粒らつきようがいいだらう

砂丘産小粒らつきようの歯ざはりをしばらく思ひ長く瞑目

こんなにもベッドの時間は長いのに長くはあらぬ死までの時間

もう一度厨に立ちたし色とはぎれよき茄子の辛子あへを作りたし

ヒアフギ水仙

われを治す抗癌剤はもうあらずヒアフギ水仙また入院す

さびしさよこのひと夏を越しうるかヒアフギ水仙の朱紅に咲けり

もう一度の生はあらねば託しおくことばはこの娘《こ》に　口述筆記続く

歌はしかし口述筆記ではできぬもの体力が欲し机に向へる二十分の

好きなこと言ひてすぎたる二十余年どの教室も元気で膨らんで

あの元気はどこへ行つたのか五分ほど椅子にすわればもう疲れゐる

アイバンクもあつたよねえと紅に言ふ献体はいやだが　それは困る

やせ果ててわたしは死んでゆくならむあなたを子らを抱きしめし身は

あなたはよかつたわね

ひと月も咲き続けゐる立葵あなたはよかつたわねわたしの庭に来て

持久戦にもちてゆくより他になしミルク半分をめつむりてのむ

子を産みしかのあかときに聞きし蟬いのち終る日にたちかへりこむ

いついかにこの世を出でゆくこの身かと痛めるまぶたをしばらくおさふ

命終《みやうじゆう》とふことばかなしも夕風に七月二十七日の頬なでられてをり

その日まであと一年がほしいのよつむりつむりと枝豆をむく

濃厚流動食

ひと碗は和風スープなれば碗の底にかつを節の沈殿したる

枕辺にいのち養ふスープがおかれたりおもゆのみえずスープを少々

どこまでもあなたはやさしく赤卵《あかたま》の温泉卵が今朝もできました

タカトウダイ科の草花が

もう猫は飼ふまいと誰もが思ひゐるたうとう帰らざりしトムをかなしみ

誰もみなしづかなる手もて修復《なほ》さむと家族の一角がいま壊れむとせり

タカトウダイ科の草花があることもこの世にひきとめらるる理由のひとつ

ひしひしと骨のせまりし腰のあたり人体標本のごとくになりたり吾は

子規にこそ必要なりし酸素ボンベくるしくなればやすやすと使ふ

紅が言ふ

きくきくと手足の働きよき娘いくども上下す二階と一階

くつ下もはかせてくるる紅が言ふ赤ちゃんのくつ下をはかせてみたい

今われはこころのふかい所をさぐりゆくちやうちんタイのちやうちんのごとく

夫や子に今のわたしは何者かほつれてやまぬセーターの袖口

生涯にもはや行くことかなはざる正福寺の土手のすみれの花よ

死ぬ時は何を話すの枕辺に夫と子がくすりを数ふ

身のどこかがこよこよとかゆいなりへなりんとしたる身がこよこよと

髪あるうちに

三年まへ家族三人で撮りくれし家族かはらず髪ある他は

髪あるうちにと家族三人が撮りくれし写真の中に誰もほほゑみて

髪の抜けるまでにと撮りくれし一葉一葉今年も御所の暑さ

それでいいんだよ

一日に食ひたるものは桃一個スイカひときれ牛乳一杯慎ましきかな

この世にはこれが最後の夏ならむ草の間に光る雌日芝

夫につかまり草の草庭《くさには》眺めゐる一分も立てばよろよろとして

この世の夏はこんなに静かな夏だつたありがたうを言ひ人を帰せり

縁先《えんさき》にきーんと光れるメヒシバがそれでいいんだよよくやつたと言ふ

ベッドより落しし鉛筆をひろひ得て二、三分が程肩で息する

肩でする呼吸の辛さ失ひし乳房をよすがに呼吸《いき》するものを

すざりゆく蟬声の中にへまなやつも二つ三つゐる落ちながら鳴く

ちつちつととまどひながらおちてゆく庭のくらがりのけやうもなし

この世のものならずただ澄みてあかるき暗がりにひぐらしがなく

残さるるこの世どうせうと君が呟くに汗にぬれたる首をなでやる

筆圧の足らねばよめぬわが歌を暗がりの中にともかくも書きてゆくなり

目黒のすし

三十年ぶりに食ひたる目黒の寿司屋のこと何の拍子にか思ひ出でつも

共に行き共に食ひたるすしの味一貫二貫とただにうまかり

よなよなと柳の木ある目黒のすしうまかつたねえと一人が言ひ出づ

食ふことはなぜかかなしい肘つきておいしいねと言ひ食ひたることも

そのことは昨日のやうにも思はれず目黒のすしのひときれふたきれ

ナスの花にも

点滴に頼りて生きる身にあれば腹水だけが異常にたまる

死ぬときは昏睡のまま逝きたしと思へど家族はかなしさうは思はぬ

そのかみの河野如矢が兵隊にとられざりしは短軀のせゐか否かは知らず

白桃のもはや一個も食ひえざり赤く色移れるがいつまでもあり

ベッドにて書けば読みえぬ歌ばかり清書せむとしまどふばかりぞ

断食が今の症状にはよきゆゑに氷ひとかけを音たててかむ

これだけは口述筆記のできぬものベッドに腰かけ歌書く十五分を

目がまはりたちまち吐きてしまふ身をかなしみ寝かす蟬声に溺るるごとく

わがものと思へぬ姿になり果てしわが身は歩く酸素《さんそ》ボンベを押して

誰も皆わが身にふるるに消毒すナスの花にも似たるその匂ひ

もうもはや嗅ぐこともかなはざり朝露にぬれし茄子やトマトの花の香

玲ちゃんかはいいかはいい節つけて呼べばかけくる玲ちゃんもあらず

花かご

籠抜けのできうるものか魂はほほづきのみどりの花かご

魂抜けのできうる花か指先でつついてみれば桔梗はひらく

重病の人なのですか

重病の人なのですかわたくしは訊けばしばらくもの言はず君は

恐ろしき問ひであるらし重病かと訊けばしばらく答へえず君は

何といふ夏が来たものか紅いろのほうせん花さへ白じらと咲く

生き急ぐな死に急ぐなよ裕子さんあなたには歌、歌にはあなた　影山一男

眼をあけてゐるさへつらし死に急ぐなと言はれて胸にゆび組みねむる

ゆふぐれか朝なのかと君に問ふ曇れる空に風が吹きゐる

この世のことは遠くなりたり朝顔のかさねて置かれし朝の食卓

わがままもそんなに言へなくなりし身は白桃《しろもも》一個を食ひあましゐる

短い衣装の天使

病室のカーテンしばらく見てをれば短い衣装の天使現はる

山椒を

海とほく白く昏れ残りゐたるがに空の半分白く残れり

白飯《しらいひ》に添へて食ひたれば旨からむに老親《らうおや》の炊きくれしあはれ山椒の実

山椒をつぶりつぶりと噛みをりつ老親の片親は九十歳

貪眠

ああどんなに過激なかなしみが君を襲はむかそれでも眠るむさぼり眠る

貪眠《どんみん》といふことばあれば貪眠ぞめざめしばらくはばうぜんとするほど

どのやうな崖

どのやうな崖《きりぎし》ならむそれが今なのかもしれぬふりむきて問ふ

それが今ではあらず今であつてはならず否、今かもしれぬ

言葉はすぐこはれてしまふ　死なない死なないとわれを励ます

枕辺に夫子《つまこ》ら寄れり夫子らの蛍火のやうな声　死にてはならぬ

なんでから私の顔を見れば泣く死なないわたしは　トムは死んだけど

筆記始むる

ガーゼもて湿らし詠める歌なれど一句ごとに消えゆくことば

言葉はすぐに消えゆくものをやはらかな鉛筆もちて娘は筆記しくるる

この身はもどこかへ行ける身にあらずあなたに残しゆくこの身のことば

ガーゼもて口を湿してタオルもて眼《まなこ》を湿す　筆記始むる

酸素ボンベ5にまで上げて筆記せる娘のこころは嬉しからむよ

三度泣きたり

死なないでとわが膝に来てきみは泣くきみがその頸子供のやうに
今日夫は三度泣きたり死なないでと三度《たび》泣き死なないでと言ひて学校へ行けり

蟬声よ

雨?と問へば蟬声《せんせい》よと紅は立ちて言ふ　ひるがほの花

やはり蟬声《せんせい》よとわれはおもふ湿りて咲きゐるひるがほの花

これ以上

これ以上腫れてしまへぬ腹を撫で泣きくるる君はげますわれは

これ以上腫れてはならず命とりになる打てば音する

これ以上腫れてはならぬ腹水を溜めたる腹は痛くはあらねど

あんなにもおいしかつた

看護師らの動き繁くなりゆくを聞きて臥すのみ蟬の鳴くこゑ

そしていま臥してゐるのみ横向くもかなはぬ身となりそして臥すのみ

導尿管あがりてゐぬかと横向くにまた吐き気くるただ臥してゐるのみ

恥丘と腹の違ひわかたずどこまでを腫れてゆくのか熱もちてまだ腫れてゆく

あんなにもおいしかつたキャラメルの森永もグリコの違ひもわからず

こんなにも腫れてしまつてその先はまだあるのだらうかないのだらうか

来年の今はここにあるならば何てはかない昼月昼顔の花

つひにはあなたひとりを

夫や子を撫でやる力も失せはてて目をあけては気づくこんなに痩せて

くやしさは言ふべくもあらぬこれからが本番といふ時にいくつは捨てて

長生きして欲しいと誰彼数へつつひにはあなたひとりを数ふ

わがために生きて欲しいと思へどもそのあなたが一番どうにもならぬ

断念と言ひて仕事をあきらめし島田修二を思ひつつをり

十日でしたか

身動きのひとつもできぬ身となりて明けの蟬声夕べかと問ふ

今日は何日かと問ひつつも首をあげゐぬ十日でしたかと問ひなほしたり

洗濯機の終了ブザーが鳴るまでにまだ少しあり夕蟬のこゑ

これからは夜が始まる寝ることが仕事となりぬ他の何もできず

ほんとにもう身動きならず身を起こし顔拭くさへに吐き気また来ぬ

木村敏

長いあひだつき合ひくだされし木村敏右頰のあたりのほくろ懐かし

この人とはもう今生は会はざらむ八十四歳の握手求め来

茗荷の花も

うら山をほとんど重複するほど歩きこしこの夜もこの裏山も

昼ごろは茶碗かちやつかせ食ひをへぬ茗荷《めうが》の花と鰯が二尾と

茗荷の花こんなにうすい花だつた月の光もひるんでしまふ

昼前に月の光がすうすうす家族四人もひるんでしまふ

すうすうと四人の誰もが寒くなり茗荷の花の透くを回せり

死がそこに待つてゐるならもう少し茗荷の花も食べてよかつた

死は少し黄色い色をしてゐしか茗荷の花は白黒《モノクロ》であつた

手をのべて

あなたらの気持ちがこんなにわかるのに言ひ残すことの何ぞ少なき

さみしくてあたたかかりきこの世にて会ひ得しことを幸せと思ふ

八月に私は死ぬのか朝夕のわかちもわかぬ蟬の声降る

みんないい子みんないい子と逝きし母の心がわかる私にはもつとたくさんの人たちがゐてくれた

手をのべてあなたとあなたに触れたきに息が足りないこの世の息が

あとがき

永田和宏

　河野裕子の最終歌集がいよいよ出ることになった。遺歌集ということになるが、これ以降の歌集はもう決して出ることはないのだということに、あらためて無念の思いが強い。

　河野裕子は、二〇一〇年八月十二日の夜に亡くなった。亡くなる当日まで歌を作りつづけた。一首でも書き残せるうちは残したいという強い思いに支えられての作歌だっただろう。四〇〇字詰めA４の原稿用紙をいつも使っていたが、それに直接書けなくなると、入院中は手帳に書き残していた。さらに病状が進み、鉛筆を持つ力がなくなると、彼女の口から出る言葉を、身近にいるものが書きとめるという形で数十首の歌が残された。

　それは切羽詰まった必死さというようなものではなく、もう少しゆったりと言葉が紡ぎだされているという感じであった。何か話していると思って耳を傾けると、それが歌になっており、慌てて原稿用紙を引き寄せて書き写すということが何度かあった。私も、娘の紅も、息子の淳も、それぞれが口述筆記によって歌人としての河野裕子の最後の場に立ち会うことができたことを、幸せなことだと思っている。意識して、そんな機会をそれぞれに残してくれたのかもしれない。

河野が手帳に書き残した二〇〇首余りの歌は、主に淳が解読してくれた。入院中にベッドにあおむけのまま、あるいは消灯後に書いたらしい歌が多く、筆圧の弱さとともに、読めない字が多くあった。手帳の存在は知っていたが、河野の生前になぜいちいち尋ねながら書きうつしておかなかったのかと悔まれるのである。

淳の筆耕を元に、紅と私の三人で一首一首手帳にあたり、解読作業を行った。読めない字がはっと読み取れる瞬間があって、三人で声をあげたものだ。

考えてみれば、このような家族みんなで解読作業を行うことは、河野がいちばん望んでいたことなのかもしれない。彼女は、読めないような字でもとにかく書き残しておきさえすれば、家族の誰かが、きっと読みとってくれると信じていたに違いない。そんな信頼感こそが、最期まで作歌を続けさせる力になっていたのだろう。残念ながら、それでもどうしても読みとれない字があり、とても魅力的なフレーズがあるのにと、涙を飲んだ歌がいくつかあった。

一首一首読み解きながら、私自身は次第に敬虔な思いになっていくのをどうしようもなかった。歌を小詩型と卑下し、自信をなくしたり、第二芸術と揶揄されたりした歴史は紛れもないが、いっぽうで、己の最後の瞬間まで、迷うことなく歌を作り続けることに賭けた一つの命があることもまた事実である。

私は以前、死のまぎわまで歌を作り続ける、そんな存在をのみ歌人と呼びたいと発言したことがあるが、もっとも身近な河野裕子という存在が、まさにそれをやり遂げたことに、誇らしい思いとともに、敬虔な思いを抱かざるを得ないのである。河野裕子は紛れもなく歌人であった。

今回ほど、歌の力ということを実感したことはなかった。彼女の思いは専ら歌のなかにあったという感が強い。特に最後の一週間ほどは、歌という形式を信じきって、自分の思いを歌に託そうとしていたと感じられた。

介護の深浅は別として、日常は最後の一週間もそれまでとさほど変わらず淡々と過ぎていったような気がしているが、彼女には何か特別に言わなくとも、歌で十分に自分の思いを伝えられているという自信があったのではないだろうか。あのように最期まで力を傾けて作りつづけられた歌は、そのどれもが家族へ残しおくメッセージだったのではないかと私は思っている。

歌集のタイトルは、淳の提案で『蟬声』とすんなり決まった。病んでふせっている河野の耳に届く八月の蟬の声は、この歌集でも繰り返し歌われているが、それはまた、初めての出産のときの歌

しんしんとひとすぢ続く蟬のこゑ産みたる後の薄明に聴こゆ　『ひるがほ』

に遠く呼応しているだろうか。河野自身も、自らの耳に届く蟬声を強く意識していたに違いない。

いまは、一人でも多くの方々に、この歌集をお読みいただき、河野裕子という歌人の最後の営みを知っていただきたいと切に願うのである。

初出一覧

I

南向きの小部屋　（「短歌研究」二〇〇九年四月号）
小さな顔　（「弦」二〇〇九年八号）
神社祭礼前日　（「塔」二〇〇九年十月号）
ゆめあさがほ　（「短歌現代」二〇〇九年十二月号）
誰もあなたを　（「塔」二〇〇九年十一月号）
よい天気は怖い日　（「塔」二〇〇九年十二月号）
はいと振りむく　（二〇〇九年応制歌）
白梅　（二〇一〇年応制歌）
光　（毎日新聞二〇一〇年一月三日）
大爪　（西日本新聞二〇一〇年一月一日）
河口まで　（「歌壇」二〇一〇年一月号）
食べる　（「短歌」二〇一〇年一月号）
はるかに思ふ　（「塔」二〇一〇年一月号）
百歳の猫、ムー　（「塔」二〇一〇年二月号）
むかごつぶつぶ　（「塔」二〇一〇年三月号）
歌は文語で　（「短歌研究」二〇一〇年三月号）
落花
（曲水の宴・献詠歌・二〇一〇年四月十一日）
隣人　（「塔」二〇一〇年四月号）
日本古謡さくら　（「短歌」二〇一〇年五月号）
室生寺にて　（「短歌現代」二〇一〇年五月号）
いい方に考へるのよ　（「塔」二〇一〇年五月号）
ユーコさん　（「塔」二〇一〇年六月号）
豆ごはん　（「短歌往来」二〇一〇年七月号）
トム　（「塔」二〇一〇年七月号）
ふた匙　（「塔」二〇一〇年八月号）

II

なすのこんいろ
（手帖・本人自筆・七月十九日～二十四日）

バプテスト病院２１３号室　（同右）
若狭へと　（手帖・本人自筆・七月二十五日頃）
トムは　（手帖・本人自筆・七月二十七日頃）
ドクダミ化粧水　（同右）
ええ咲きました
（原稿用紙・八月六日・本人清書・作歌時期不明）
澤瀉久孝教授　（同右）
死ぬときは　（同右）
わがままな患者で
（手帖・本人自筆・七月二十七〜八月五日頃）
砂丘産小粒らつきようの　（同右）
ヒアフギ水仙　（同右）
あなたはよかつたわね　（同右）
タカトウダイ科の草花が　（同右）
紅が言ふ　（手帖・本人自筆・八月六日頃）
髪あるうちに　（同右）
それでいいんだよ（手帖・本人自筆・八月七〜八日）
目黒のすし　（同右）

ナスの花にも　（同右）
花かご　（同右）
重病の人なのですか　（同右）
短い衣装の天使　（同右）
山椒を　（同右）
貪　眠　（同右）
どのやうな崖　（口述筆記・紅・八月八〜九日）
筆記始むる　（同右）
三度泣きたり　（同右）
蟬声よ　（同右）
これ以上　（同右）
あんなにもおいしかつた　（同右）
つひにはあなたひとりを
（口述筆記・和宏・八月十日）
十日でしたか　（同右）
木村敏　（同右）
茗荷の花も　（口述筆記・淳・八月十一日）
手をのべて　（口述筆記・和宏・八月十一日）

塔21世紀叢書第190篇

歌集　蟬声《せんせい》

初版発行日　二〇一一年六月十二日
初版第五刷　二〇一一年十一月二三日
著　者　河野裕子
定　価　二六六七円
発行者　永田　淳
発行所　青磁社
京都市北区上賀茂豊田町四〇—一（〒六〇三—八〇四五）
電話　〇七五—七〇五—二八三八
振替　〇〇九四〇—二—一二四二二四
http://www3.osk.3web.ne.jp/~seijisya/
印　刷　創栄図書印刷
製　本　新生製本

ISBN978-4-86198-177-7 C0092 ¥2667E